LES AMOVRS DEGVISEZ,

BALLET DV ROY.

Dansé par sa Majesté, au mois de Feurier 1664.

A PARIS,
Par ROBERT BALLARD, seul Imprimeur du Roy pour la Musique.

M. DC. LXIV.
Auec Priuilege de sa Majesté.

1050

LES AMOVRS
DEGVISEZ,
BALLET.

ARGVMENT.

E Theatre s'ouure par
vn combat de deux dif-
ferentes Harmonies ;
La plus forte eſt com-
poſée des Arts & des
Vertus qui ſuiuent Pal-
las; & la plus douce,
des Graces & des Plaiſirs, qui accompagnent Venus.

Cependant, ces deux Déeſſes prenant
le party l'vne du Plaiſir & l'autre de la

4

Vertu, entrent elles-mesmes en contesta-
tion. Mercure qui tasche de les accorder
leur propose de prendre le Roy pour arbitre de leur different ; toutes deux l'ac-
ceptent auec vne égale satisfaction : mais
Pallas qui connoist l'auantage qu'elle a
dans le chois d'vn tel Iuge insulte à sa ri-
uale, & apres luy auoir fait remarquer
combien sa Majesté par toutes ses actions
se declare ouuertement pour le party de
la Vertu, la laisse dans la confusion.

Venus, reuenuë de son premier esto-
nement, veut faire effort pour dompter
l'orgueil de Pallas en gagnant le cœur du
Roy, & pour vnir toutes ses forces dans
ce grand dessein, elle prie Mercure de vo-
ler dans tous les coins du Monde, afin
de rassembler tous les Amours qui s'y
trouuent dispersez. Mais lors qu'il est
prest de partir, elle a peur qu'il n'en
sçache pas connoistre la plus grande partie, qui pour faire reüssir des entreprises
importantes,

importantes, se déguise & se cache sous des formes empruntées, & pour luy donner moyen de ne s'y pas tromper, elle luy fait voir plusieurs de leurs déguisemens, qui seront expliquez l'vn après l'autre dans chacune des Entrées du Ballet.

Mercure representé, par le Sieur Floridor.

Pallas, par Mad.ᶜ des Oeillets.

Venus, par Mad.ᶜ de Montfleury.

Concertans des Arts & des Vertus, qui suiuent Pallas.

Les Sieurs Descousteaux, Alais, Charlot, la Pierre, le Peintre, Huguenet, le Roux l'aisné, Besson, Martin Opterre, Roullé, la Riuiere, Heugé, Iean Opterre, & Magny.

Concertans des Graces & des Plaisirs, qui accompagnent Venus.

Les Sieurs Piesche, Marchand, Laquaisse, Guerin, Destouches, Nicolas Opterre, la Fontaine, & Brouard.

B

DIALOGVE

PALLAS, VENVS,

MERCVRE.

MERCVRE.

Vrquoy contestez-vous ? peut-on
vous accorder ?

VENVS.

La sçauante Pallas nous veut per-
suader
Que son visage austere & le bruit de ses armes,
Doiuët pour les mortels auoir de plus doux charmes
Que les Ieux, les Plaisirs, les Graces & l'Amour
Qui marchent à ma suite & composent ma Cour.

PALLAS.

Et la belle Venus pretend nous faire croire
Que les Arts, les Vertus, la Puissançe & la Gloire
Ne versent pas dans l'ame vn plus parfait bonheur
Que de ses vains apas la trompeuse douceur.

VENVS.

Est-il rien si charmant que cét heureux martyre
Que l'on ayme à souffrir alors qu'on en soûpire ?

PALLAS.

Est-il rien de si noble & de si glorieux
Que de voir vn mortel se rendre égal aux Dieux ?
Et de ses longs trauaux auoir pour recompense
Le repos, la vertu, l'honneur & la puissance.

VENVS.

Qui d'vn aymable objet adore les beaux yeux
Trouue ses fers plus doux que l'empire des Cieux,
Et ne voit rien d'égal à la gloire immortelle
De regner sur vn cœur amoureux & fidele.

PALLAS.

Tout cede à la valeur.

VENVS.

L'Amour peut tout charmer.

PALLAS.

Ah! qu'il est beau de vaincre.

VENVS.

Ah! qu'il est doux d'aymer.

PALLAS.

On voit mes conquerans plus crains que le
tonnerre.

VENVS.

Ils tremblent à mes pieds, ces maiſtres de la terr

PALLAS.

Par vos vaines douceurs vn amant arreſté
Languit dans la moleſſe & dans l'oiſiueté.

VENVS.

On a veû par l'effort des amoureuſes flames
Naiſtre cent beaux deſirs dans les plus belles ames
Mille explois qu'on admire & dõt vous vous pare
Furent à vos Heros par l'amour inſpirez,

PALLAS.

Si (grace à mes vertus) quelque ame genereuſ
A ſçeu ſe bien ſeruir de l'ardeur amoureuſe ;
A quels déréglemens, a quelles cruautez
Tous vos autres amans ſe ſont-ils emportez ?
D'vn ſoupçon qu'on ſe fait, d'vn refus qu'on merit
La vengeãce qu'on cherche eſt toûjours ſans limite
L'impoſture, le fer, la flamme & le poiſon
Semblent encor trop doux pour en tirer raiſon,
Et de tant de forfaits, recompenſe legere,
On trouue vn cœur changeant, vne foy menſongere
On pourſuit vn objet, qui foible & delicat
Chaque moment s'efface & perd de ſon éclat :
Mais le prix des vertus, d'immortelle nature,
Ny du temps, ny du ſort, ne reçoit point d'injure

VENVS.

VENVS.

Cette immortalité qu'on eſtale à nos yeux
Fait porter le carnage & la mort en tous lieux,
Et parmy vos guerriers cette vertu cruelle,
Cette noble fureur qui vous paroiſt ſi belle,
Cette aſpre auidité du ſang des malheureux,
C'eſt par où l'on acquiert le nom de valeureux,
Où par qui, pour mieux dire, on fait autãt de crimes
Qu'à vos ſanglans autels on offre de victimes;
Mais tous ces conquerans, ſi folement vantez,
Pour de ſi longs trauaux, pour tant d'impiétez,
Pour tant de ſang verſé ſur la terre opprimée,
Qu'ont-ils? qu'vn peu de vẽt, qu'on nõme Renõmée?

MERCVRE.

Tant d'aigreur conuient mal à des Diuinitez.

PALLAS.

Vous-vous eſchaüfez trop.

VENVS.

     Et vous-vous emportez.

PALLAS.

Quoy que le ſouuenir de la fatale Pomme
Me deuſt faire éuiter le jugement d'vn Homme,
Ie veux bien m'y ſoûmettre encore cette fois;
Mais il en faut choiſir.

VENVS.

     Ie vous donne le chois.

MERCVRE.

Quel Arbitre peut mieux appaiſer voſtre guerre
Que celuy qui déja l'eſt de toute la Terre ;
LOVYS dont les decrets, des peuples écoutez,
Réſolus par luy ſeul, ſont de tous reſpectez ;
LOVYS de qui déja la ſageſſe profonde
Du Thrône des François preſidé à tout le monde,
Qui voit de tous coſtez les plus grands Potentats
Briguer en ſuplians le ſecours de ſon bras,
Ou, pour viure à l'abry de ſa juſte puiſſance,
Rechercher à l'enuy ſon auguſte alliance ;
Qui voit la Renommée auec toutes ſes voix
Preparer l'Vniuers à receuoir ſes Loix ;
Qui ſe trouue en tous lieux ſuiuy de la victoire,
Et qui preſque trahy par l'exces de ſa gloire
Voit par tout ſon grand nom, par vn heureux
    malheur,
Dérober la matiere à ſa rare valeur :
Sur luy de toutes parts la terre intereſſée
Arreſte fixement ſes yeux & ſa penſée,
Et ſon moindre appareil, ſon moindre mouuement,
Chez cent peuples diuers porte l'eſtonnement.

PALLAS.

Si LOVYS doit juger, que vous eſtes à plaindre.

VENVS.

Si LOVYS doit juger, que vous auez à craindre.

MERCVRE.
La brillante clarté de son discernement
Des trompeuses couleurs hait le déguisement,
VENVS.
Ses yeux, qui semblent faits pour charmer tous les
  nostres,
Voyët bien plus auant & plus clair que les autres,
Et d'vn mesme regard l'esclat & la douceur
Captiuent à la fois & penetrent vn cœur:
C'est d'où vient ce respect qu'on luy rend sans
  contrainte;
C'est d'où vient ce pouuoir qu'on voit croistre sans
  crainte;
C'est d'où se forme, en luy, l'heureux & sage chois
Qu'il fait pour les plus grands & les moindres
  emplois,
Et, dans ceux qu'il choisit, cette ardeur si fidele
Qui de tant de succes accompagne leur Zele:
Nostre accord par tout autre eust esté concerté
Auec moins de lumiere auec moins de bonté.
PALLAS.
Vous y consentez donc?
VENVS.
              Ie le veux.
PALLAS.
                Sa conduite

Flate peu, toutefois, voftre vaine pourfuite;
Et vous pourriez juger, à voir fes actions,
Ce qu'il doit prononcer fur nos pretentions.
    La Paix dont il jouït, fa grandeur, fa richeffe
Son humeur, fon efprit, fon port, & fa jeuneffe
Pouuoient, fans le flater, l'affeurer d'eftre heureux
S'il vouloit s'afferuir à l'empire amoureux:
Mais quand ces qualitez, portant par tout la flame
Sembloient auffi deuoir amolir fa belle ame;
Son cœur, qui les neglige, & s'efleue au deffus,
Iufqu'à tout mefprifer, s'attache à mes vertus.
Ce trauail affidu, qui jamais ne l'eftonne,
Allarme fon Eftat qui craint pour fa perfonne,
Et qui déja tout preft d'en recueillir les fruits.
Sent troubler fon efpoir de craintes & d'ennuis.
Son peuple plein d'ardeur demãde au Ciel fans ceffe
Que ce ROY, qui des Dieux imite la fageffe,
Qui comme eux eft puiffant, bon, jufte, & genereux,
Pour le bonheur public foit immortel comme eux.
De fes premiers fujets la foule pretieufe
De le fuiure en tous lieux fe montre ambitieufe
Tous briguent fes regards & leur plus doux efpoir
Eft l'heur de le feruir, le plaifir de le voir.

MERCVRE.

Si des François, pour luy, la tendreffe eft extrefme,
Ce Heros genereux les cherit tout de mefme,

Et

Et cherche sa grandeur & ses plus doux plaisirs
A contenter des siens tous les justes desirs:
Il n'attend pas toûjours qu'vn important seruice
Demande ses faueurs à tiltre de justice;
Il sçait qu'vn mauuais sort, faute d'occasion,
Souuent du plus Zelé trompe la passion:
Il se plaist à payer d'vn solide salaire
Le desir impuissant que l'on a de luy plaire,
Et ne paroist jamais le cœur si satisfait
Que lors qu'il s'applaudit de quelque grand bienfait:
Cet air de Majesté qui brille en sa personne,
Releue de beaucoup l'esclat de sa couronne:
Les mortels n'ont besoin que de le regarder
Pour sçauoir que c'est luy qui leur doit commäder,
Et quoy, qu'en son accueil, vne grace attrayante
Paroisse encourager celuy qui se presente;
Vn timide respect, par ses yeux imprimé,
De qui l'ose abborder tient le cœur allarmé.
 Voila du grand LOVYS la fidele peinture,
En faueur de vos droits tirez en quelque augure:
Et (vous qui soustenez l'oisif & vain plaisir)
Pensez qui de nous deux aura sçeu mieux choisir
S'il est vray que celuy que nous en deuons croire
N'ayme que le trauail, les vertus, & la gloire.
Vous ne repondez rien? mais vous nous confondrez
Par les fortes raisons dont vous vous deffendrez;

D

Ie vous laisse y resuer ; adieu.
VENVS.

Quelle arrogance!
Elle croit donc déja que je sois sans deffence :
Son orgueil est trop grand ; mais il luy faut oster
Ce glorieux appuy dont il s'ose vanter.
Pour mieux executer cette noble entreprise
Employons à la fois la force & la surprise,
Faisons en vn moment venir de toutes pars
Tous nos Amours armez de flambeaux, & de dars.
Toy, qu'en mes interests j'ay toûjours veû fidele ;
Mercure, en ce besoin tesmoigne-moy ton Zele,
Va les chercher par toût.
MERCVRE,

Déesse, auec plaisir,
Mon cœur, en ce projet, seconde ton desir.
VENVS.

Va viste.

MERCVRE.
I'obeïs.
VENVS.

Mais reuiens, je te prie,
Tu n'en connoistrois päs la plus grande partie
Si je ne t'instruisois de cent déguisements
Qu'ils prênent pour ayder aux grands éuenements;
Ils sçauent tous les jours, sous des formes nouuelles,

Cacher, quand il leur plaiſt, leurs beautez na-
turelles.
Vois-tu ces gens ſi noirs, qui ſemblent s'eſchaufer, La forge
de Vulcain
s'ouure.
Dans le deſſein de battre & de polir le fer?

MERCVRE.

Ce ſont des Forgerons.

VENVS.

Ie ſçauois bien, Mercure,
Que tu n'en ſçaurois pas découurir l'impoſture,
Et que ſous ſes habits, finement ſuppoſez,
Tu ne connoiſtrois pas ces AMOVRS DE'GVISEZ:
Les vns amis de Mars volans à tire d'ailes,
Luy ſçauent tour à tour porter de mes nouuelles;
Les autres, apoſtez par mon mary jaloux,
Pour ſeruir d'eſpions demeurent prés de nous.

MERCVRE.

Qui les euſt reconnus?

VENVS.

Viens, auant que tu ſortes
Ie t'en veux faire voir de beaucoup d'autres ſortes.

PREMIERE ENTRE'E.

DE la grote de Vulcain sortent huit Amours si bien déguisez en Forgerons, qu'on ne les sçauroit reconnoistre, que par l'application qu'ils ont à forger des dars plustost que d'autres armes, & par leurs bandeaux, qu'ils ont retenus, pour garentir leurs testes du bruit des enclumes.

Amours déguisez en Forgerons.

Monsieur Cabou , Messieurs Molliere, & Laleu;
Les Sieurs Doliuet , le Chantre, Des-brosses,
Desonets, & de Gan.

Pour des Amours déguisez en Forgerons.

AVoir le cœur de glace est vn tres-grand defaut,
Mais pour peu qu'il s'échauffe on le réduit en
 cendres,
Et lors de cent raisons amoureuses & tendres
Il faut battre le cœur cependant qu'il est chaud.

II.

I I. E N T R E'E.

LE Theatre represente vnd Mer, auec vn
combat naual en esloignement, & Venus
fait voir Marc-Antoine, qui, pour suiure Cleopatre, quitte l'espoir de la victoire qu'il alloit
remporter ; & elle fait remarquer à Mercure
que les Rameurs qui emportent ce Romain
auec tant de vitesse, ne sont pas des Rameurs
ordinaires, mais des Amours déguiséz. En attendant qu'ils descendent de leur vaisseau, le
Gouuerneur d'Egypte, auec toute la jeunesse
du Pays, attirée sur le port par l'arriuée de
leur Reyne, dansent la deuxiesme Entrée.

Le Gouuerneur d'Egypte, Le Duc de Saint Aignan.
 La Gouuernante, Mademoiselle de Verpré.
Hommes. Messieurs Verpré, Bruneau, Raynal, Des-Airs.
Femmes. Monsieur de Souuille, les sieurs de Lorges,
  Balthasar, & Des-Airs le jeune.

Pour le Duc de Saint Aignan, *representant,*
  le Gouuerneur d'Egypte.

PAr la bonté de deux differens Rois
 Dont l'vn peut tout en quoy qu'il entreprenne,
Quel est mon poste, estant tout à la fois
Le Gouuerneur d'Egypte & de Touraine?

E

Pour la derniere elle eſt d'vn moindre prix,
Elle n'a pas ces hautes Pyramides,
Mais en reuanche, à ce que j'ay compris,
Ses reuenus ſont vn peu plus liquides,
Et n'en déplaiſe au grand Roy Pharaon,
Viue LOVYS quatorƵieſme du Nom
Qui pourroit bien vn jour à ſon Domaine
Joindre l'Egypte ainſi que la Touraine.

Marc-Antoine & Cleopatre deſcendus les
premiers, viennent faire vn recit en Dialogue
accompagné d'vne harmonie compoſée de leurs
eſclaues.

Marc-Antoine. Monſieur Blondel.
Cleopatre. Mademoiſelle Hylaire.
Eſclaues. Laquaiſſe, Marchand, la Fontaine.

DIALOGVE
DE MARC-ANTOINE,
ET DE CLEOPATRE.

MARC-ANTOINE.

Doutez-vous de mon feu, vous pour qui
ſoûpire?

CLEOPATRE.

Ha! qu'il vous coûte cher de me l'auoir prouué

MARC-ANTOINE.

I'en ay perdu la Victoire & l'Empire,
Et ne m'en suis point mal-trouué.

CLEOPATRE.

Vous auez tout quité pour me suiure sur l'onde,
Sans moy vous demeuriez vainqueur,
Et vous estiez Maistre du Monde
Comme vous l'estes de mon cœur
Dont la tendresse est pour vous sans seconde.
Helas qu'auez-vous fait,
Amant fidelle, Amant parfait !

MARC-ANTOINE.

A mon amour j'ay fait ceder ma gloire,
Iamais Amant ne fût si transporté,
I'ay fait plus ; je vous l'ay fait croire,
Et par là me suis raquité
De l'Empire & de la Victoire.

CLEOPATRE, ET MARC-ANTOINE.

Non non pour viure heureux
Il faut estre amoureux,
De veritables feux
Bien prouuez entre deux personnes
Qui sçauent s'aymer tous deux,
Valent mieux que des Couronnes.

MARCANTOINE.

Ie n'ay pû soûtenir vostre fuite impreueuë.

CLEOPATRE.

Que ne demeuriez-vous sans vous en émouuoir.

MARC-ANTOINE.

Pour quelque temps je vous perdois de veuë,
Puis-je estre vn moment sans vous voir?

CLEOPATRE.

Vous alliez remporter tout l'honneur de la guerre,
Sa fin couronnoit vos explois,
Et bien plus craint que le Tonnerre,
Vostre cœur estant sous mes loix
Vous y mettiez le reste de la Terre.
Helas qu'auez-vous fait,
Amant fidelle, Amant parfait!

MARC-ANTOINE.

A mon amour j'ay fait ceder ma gloire
Si c'est vn mal il vous doit estre doux,
C'est vn trait digne de memoire,
Et qu'auois-je affaire sans vous
De l'Empire, & de la Victoire?

MARC-ANTOINE, ET CLEOPATRE.

Non non pour viure heureux
Il faut estre, &c.

III.

III. ENTRE'E.

LEs Amours déguifez en Rameurs, rauis
d'auoir triomphé de l'ambition d'vn des
plus grands guerriers du monde, témoignent
leur joye par leur danfe.

Amours déguifeᴢ en Rameurs.

Les Sieurs S. André, Le Chantre, Des-broffes,
& Magny.

Pour des Amours déguifez en Rameurs.

C'Eſt veritablement vne Mer dangereuſe,
Que la Mer amoureuſe,
Mais quels ſenſibles biens les gens ont-ils receus
Qui n'ont jamais eſté deſſus?

Concert d'Inſtrumens.

Les Sieurs le Grais, Le Roux le Cadet, le Peintre,
Beffon, Magny, Charlot, Allais, & Heuge.

IV. ENTRE'E.

VEnus fait paroiſtre aux yeux de Mercure les jardins de Cerés, & luy fait voir vne troupe d'Amours, qui pour liurer plus aiſé-ment Proſerpine à la paſſion de Pluton, ont pris le viſage & l'habit de ſes compagnes, & ſous pretexte d'vne promenade, l'ont fait ſor-tir de ce Chaſteau, ſi ſoigneuſement fermé par ſa mere.

Proſerpine. LA REYNE.

Ses Compagnes. Madame la Comteſſe, Mademoiſelle de Nemours, la Ducheſſe de Sully, la Ducheſſe de Crequy, la Ducheſſe de Luynes, Madame de Foix, Mademoiſelle de Montauſier, & Mademoiſelle d'Arquien.

Pour la REYNE, *repreſentant* PROSERPINE.

VNe ſi grande Reyne eſt digne du grand Roy
Qui de tant de Demons fait des ſuiets fidelles,
Et ſes charmans regards ont pleinement dequoy
Fournir à l'entretien des flames eternelles.

❦❦

Brillante comme elle eſt non ſans raiſon je doute
Que ſa blancheur extreſme, & ſa viuacité

Dans le profond Abiſme où chacun ne voit goûte
puis eſtre compatible auec l'obſcurité.

Mais à ſon jeune éclat digne de mille Autels
De ce lieu tenebreux les ombres ſe banniſſent,
Elle y vient augmenter les tourmens immortels,
Et les grands deſeſpoirs qui jamais ne finiſſent.

Des Enfers qu'elle change en Terres fortunées
Sa preſence ſuſpend les cris, & les clameurs,
Et l'on n'auoit point veu chez les Ames damnées
Vne ſi bonne vie, & de ſi douces Mœurs.

Pour les Amours deguiſez en Compagnes de Proſerpines.

Pour la Comteſſe de Soiſſons, Amour déguiſé.

Sous ces beaux cheueux noirs & longs
      Juſqu'aux talons,
Et dans ces yeux Romains peut-eſtre
L'Amour n'eſt pas ſi bien caché
Qu'il ne ſoit facile à cognoſtre,
Et qu'on n'en puiſſe eſtre touché.

Pour Mademoiſelle de Nemours, Amour déguiſé.

VOus n'y ſçauez pas grand fineſſe
Amour, de vous eſtre auiſé
Pour paroiſtre mieux déguiſé,
De prendre l'air & la jeuneſſe
De cette charmante Princeſſe,
Allez chacun vous cogneſt,
Et vous reſſent, qui pis eſt.

Pour la Ducheſſe de Sully, Amour déguiſé.

AMour veut qu'on ſe perſuade
Qu'aux champs il eſtoit fort malade,
Mais très-humble ſeruiteur
A ſes fineſſes groſſieres,
Il affecte ces manieres
De foibleſſe & de langueur
Pour aller plus droit au cœur.

Pour la Ducheſſe de Crequy, Amour déguiſé.

QVoy? c'eſt donc vous, Amour, à qui dans le
tumulte

L'on

L'on fit vn si cruel, & si barbare insulte,
Et qui sustes naguere attaqué sur vn char
Dans la superbe Ville ou commandoit Cesar?
Pour estre encor plus beau vous pristes l'apparence
D'vne Femme la Gloire, & l'Honeur de la France,
Les delices des yeux, mais vne Femme enfin,
Ne valoit-il pas mieux sans faire tant le fin
D'vn air plus ingenu conduire cette affaire
En jeune Adolescent vostre forme ordinaire?
Vous ne cachiez pas tant vostre Diuinité,
Et vray-semblablement Rome en eut moins douté.

Pour la Duchesse de Luynes, Amour déguisé.

Amour, cherchez ailleurs que dans cette Beauté
Pour vous mettre à couuert vn lieu de seureté,
Car toute sa personne est plus propre qu'vne autre
A découurir toute la vostre,
Si vous pouuez mettez-vous dans son cœur
Dont vous n'auez jamais esté vainqueur,
C'est vn sejour agreable, mais rude
A qui craindroit la solitude.

G

Pour Madame de Foix, Amour déguisé.

SA jeuneſſe eſt bien tendre encore,
Et preſque ne fait que d'éclore
Et frape neantmoins quiconque l'aperçoit,
Tantoſt c'eſt vne Fille & tantoſt vne Femme
Dont les traits delicats vōt juſqu'au fond de l'ame,
Et c'eſt l'Amour tout pur en quelque eſtat qu'il
      ſoit.

Pour Mademoiſelle de Montauſier, Amour déguiſé.

QVe dans cette perſonne on vous vienne cher-
      cher,
Que l'on vous y rençontre, Amour, cela peut
      eſtre,
Elle a des qualitez, à vous faire cogneſtre,
Mais elle a de l'eſprit auſſi pour vous cacher.

Pour Mademoiſelle d'Arquien, Amour déguiſé.

VOus qui vo⁹ découurez par vne ſimple œillade,
Amour, conſiderez cét air doux & ce port,
Pouuez-vous là deſſous vous mettre en embuſcade
      Sans eſtre connû d'abord?

V. ENTRE'E.

D'Autres Amours, qui dans le mesme dessein ont pris la figure des Iardiniers de
Cerés, cachent adroitement leurs fleches sous des
fleurs, & presentent à Proserpine des Bouquets,
dõt la vertu secrette l'endort sur vn lit de Gasons.

Amours déguisez en Iardiniers de Cerés.
Monsieur le Duc, le Duc de Sully, les Marquis
de Villequier, & de Villeroy, Messieurs
du Pille, & de la Lanne.

Pour Monsieur le Duc, Iardinier.

Voicy venir le bon Temps,
Et j'espere à ce Printemps
Ou les jours seront moins calmes
Cueillir & Lauriers & Palmes,
Ces plantes ont le fruit doux,
Elles sont nobles & bonnes,
Et l'on sçait assez chez nous
L'Art d'en faire des Couronnes.

Pour le Duc de Sully, Iardinier.

VN jeune Iardinier n'est pas si curieux
De son propre jardin que de celuy d'vn autre,
Mais vous ne sçauriez faire mieux
Que de bien trauailler au vostre.

Pour le Marquis de Villequier, Iardinier.

NOus aymons bien les fleurs qui ne font pas les
    noftres
Quoy que nous prifions fort celles qui font à nous,
Et je trouue qu'il eft quelquefois affez doux
De faire des Bouquets dans le jardin des autres.

Pour le Marquis de Villeroy, Iardinier.

N'Imitez pas ces gens qui par vn grand abus
    Pour vn Terroir de bibus
Abandonnent vn champ fertille, gras, & riche:
    Car la pluſpart aujourd'huy
    Laiſſent leur jardin en friche
    Et trauaillent chez autruy.

VI. ENTRE'E.

PLuton, fe feruant d'vne occafion fi fauo-
rable fort des Enfers, & vient enleuer la
Nymphe endormie. Mais Venus fait remarquer à Mercure, que ce Dieu foufterrain crai-
gnant que les Demons, qui l'accompagnent
d'ordinaire, ne fçeuffent pas garder, en cette
occafion, tout le refpect deû aux beautez de
Proferpine, auoit emprunté le fecours de fix
                       Amours

Amours qu'il auoit fait veſtir de ſa liurée, pour
le ſuiure en cette expedition.

Le Comte d'Armagnac. *Pluton.*
Demons. Le Comte du Lude ; le Marquis de Genlis,
Meſſieurs Mollier, d'Heureux, Beauchamp,
& le Sieur de Lorge.

Pour le Comte d'Armagnac, Pluton.

POurquoy faut-il qu'on nous dépeigne
L'Enfer & ſon Monarque auſſi noirs que
   charbon
Si ce n'eſt afin qu'on les craigne ?
Si par le Roy l'on peut juger du Regne,
Qu'il y fait beau, qu'il y fait bon.

Pour le Comte du Lude, Demon.

IL n'eſt Demon dans les Enfers
Bruſlé de plus de feux, chargé de plus de fers,
O qu'il ſçait bien icy ſe paſſer de lumiere !
Qu'il bat de pays par tout,
Allant de chaudiere en chaudiere
Prendre garde ſi l'huile bout :
Dans vne rage forcenée
Il ſe porte aux derniers efforts
Mais je ne la croy pas tellement acharnée,

H

Contre *vne pauure Ame damnée*
Qu'il en aille oublier le corps.

Pour le Marquis de Saucour, *qui deuoit* representr *vn Demon.*

NOn *ce n'est point icy le Demon de Brutus,*
Ny de Socrate,
Par d'autres qualitez, & par d'autres Vertus
Sa gloire éclate.

Sous la forme d'vn Homme il prouue ce qu'il est
Doux, sociable,
Sous la forme d'vn Homme aussi l'on recognest
Que c'est le Diable.

Le bruit de ses explois confond les plus hardis
Et les plus masles,
Les Meres sont au guet, les Amans interdis,
Les Maris pasles.

Contre ce fort Demon voyez-vous aujourd'huy
Femme qui tienne?
Et toutes cependant sont contentes de luy
Iusqu'à la sienne.

Sa reputation deuant qu'il soit connu
Faisant qu'on l'ayme,
Telle cede à son Nom qui peut-estre eut tenu
Contre luy-mesme.

Pour le Marquis de Genlis, Demon.

HA voicy la Beauté qui meritoit la pomme !
Est-ce vn Homme tout de bon
Qui represente vn Demon,
Ou si c'est vn Demon qui represente vn Homme ?

Concert de Bergers.

Les Sieurs Piesche, Descousteaux, les trois Hotterres,
Destouches, Besson, le Peintre, le Roux l'aisné,
Charlot, Heugé, la Riuiere, Roullé,
Huguenet, le Grais, Marchand,
Laquaisse, & la Fontaine.

RECIT CHAMPESTRE.

GVerriers, il ne faut pas faire vn mauuais vsage
Des plus beaux jours de vostre âge,
Vous en rendrez quelque jour
Conte à l'Amour.

Passez dans les plaisirs la fleur de vos années,
Et vos plus belles journées,
Vous en rendrez quelque jour
Conte à l'Amour.

VII. ENTRE'E.

DANS l'auenuë du Palais enchanté d'Armide, dés Amours déguisez en Bergers
tachent par leur chant, & le son de leurs in-
struments, à retenir Regnaut auprés de la beauté
dont il est aymé. Mais ce Guerrier detrompé,
n'escoute que la Gloire qui l'appelle, & suit
constamment les deux bons Cheualiers, qui le
sont venus deliurer de cette agreable prison.

LE ROY. *Representant Regnaut.*

Cheualiers. Le Marquis de Rassan, & le Sieur Raynal.

Pour LE ROY, *representant* Regnaut.

S Age & vaillant
Rien ne peut égaler ses trauaux & ses peines,
Le sang de Charlemagne heroïque & boüillant
A pris vn nouueau feu dans ses Royales vaines,
Son cœur est genereux, est noble, est fier, est grand,
De tous les autres cœurs c'est le plus magnanime,
Vn cœur de vray Monarque, vn cœur de Con-
querant,
Qui court apres l'honneur & qui cherche l'estime,
C'est là précisément tout ce que j'en diray,

Et

Et quelque autre talent qui luy tombe en partage,
Sur le fait de ce cœur je ne m'expliqueray
                    Pas dauantage.

                    ❧

              Les plus grands Rois
Ne laiſſent pas pourtãt d'eſtre ce que nous ſommes,
Au moins s'ils ne le ſont, par de certains endrois
Ils ont beaucoup de l'air de tous les autres hommes:
Quand il eſt queſtion de former vn Héros,
A le rendre parfait trois choſes contribuënt,
Et ſans ſe relaſcher il eſt tres à propos.
Que ces trois choſes là ſur ce point s'éuertuënt,
Par chacune des trois il eſt ſi haut placé,
Chacune y met la main, le polit, & l'éleue,
La Nature & la Gloire ont-elles commencé?
              L'Amour acheue.

                    ❧

              Quelques momens
Ou de Dance, ou de Chaſſe, ou d'autres exercices
Du plus grand des Humains ſont les amuſemens,
Mais de ſon ſeul deuoir compoſer ſes delices,
Et pour executer tout ce qu'ont reſolu
L'honneur & la Vertu, ſes deux principaux guides,
Rompre l'enchantement d'vn Pouuoir abſolu,
De beaucoup de jeuneſſe, & de quelques Armides,

                                        I

Faire de temps en temps des coups si renommez,
Aux grandes actions s'appliquer sans relasche,
Et sur tout secourir ceux qui sont opprimez,
Voila sa Tasche.

La Gloire, & la Renommée.

Le Duc de Saint Aignan,
& M. Beauchamp.

Pour le Duc de Saint Aignan, *representant*
la Gloire.

EStant tout enuironné,
Et plein de Gloire immortelle
Ie ne suis pas estonné
Que l'on vous prenne pour elle.

VIII. ENTRE'E.

VNe autre bande d'Amours sous l'habit de
Nymphes de Flore se presentent, dans
la mesme intention, & n'ont pas vn meilleur
succes, quoy qu'elles estalent à l'enuy, les
beautez de leur visage, & l'agrément de leur
danse.

Flore & ſes Nymphes, Amours déguiſez.

Flore. Mademoiſelle d'Aumalle,
Nymphes. Madame de Villequier, Méſdemoiſelles de
Brancas, de Grancé, de Caſtelnau, de la Mothe,
Dardennes, de Cologeon, & de Pons.

Pour Mademoiſelle d'Aumalle. *Flore.*

A Cét air noble & doux c'eſt Flore qui reſpire,
  Ainſi que vous on la dépeint ;
Et les plus viues fleurs ſont deſſus voſtre Teint
  Comme au ſiege de leur Empire.

Pour Madame de Villequier.

IL faut bien ſe donner garde
De ces ris, de ces douceurs,
Malheureux qui s'y haʒarde,
Le ſerpent eſt ſous les fleurs.

Pour Mademoiſelle de Brancas.

Voyez cette Beauté ſi jeune & ſi mignonne
  Vous verrez en meſme temps
  Dans vne ſeule perſonne
  Toutes les fleurs du Printemps.

Mademoiselle de Grancé.

IE fay la sourde oreille à quoy que l'on me die,
Et de ces Papillons la jeunesse étourdie
Vole autour de mes fleurs qu'elle suçeroit bien,
Mais ils ne tiennent rien.

Pour Mademoiselle de Castelnau.

VOus voila de bône heure entre les belles choses,
Ainsi croissent les fleurs & viennent tout à
coup,
Et de vostre hauteur, il n'en est pas beaucoup
Qui soient plus fraichement écloses.

Pour Mademoiselle de la Mothe.

TRes-difficile en fleurs & d'vn goust délicat
Celles que vous aymez ont le plus grand éclat,
Mais qu'elles durent peu! quand elles sont passées
Il ne reste que des Pensées.

Pour Mademoiselle Dardennes.

VOus n'en dormez pas moins quoy qu'on tasche
à vous plaire,
Et que des gens pour vous fassent les radoucis,
Vostre aymable embonpoint est vne preuue claire
Que chez vous les Pauos supplantent les Soucis.

Pour.

Pour Mademoiſelle de Cologeon.

COmbien d'amoureux ſoûpirs
  Se déguiſent en Zephyrs
Pour quelqu'vne des fleurs qui parent cette Belle,
Ie ne ſçay pas pour laquelle.

Mademoiſelle de Pons.

D'Vne ame toûjours libre, & deſintereſſée
 Dans l'échange des fleurs que nous faiſons icy
  Si je donne quelque Penſée,
  Ie ne prens guere de Soucy.

Armide, furieuſe & preſſée de douleur, de honte, & de deſeſpoir, fait vn recit Italien, dans lequel elle ſe pleint, & s'emporte contre les Amours qui l'ont ſi mal ſeruie, & les chaſſe de ſon Palais, qu'elle détruit en vn moment.

Armide *Recit Italien.* Chanté par la Seignora Anna.

AH Rinaldo, e doue ſei?
 Dunque tù partir poteſti;
Ne 'l mio duol, ne i pianti miei
Poſſon far, ch' il paſſo arreſti;
E queſta è la mercè, ch'à me tù dei;
Ah Rinaldo, e doue ſei?

K

Ahi che sen vola,
   Lunge dà mè,
   Ed io qui sola
Scherno rimango di rotta fè,
   Ferma Rinaldo, oh dio,
Se morta è la tua fè, morta son' io.

Dunque il bel foco
   Che t'arse già,
   Ceduto hà 'l loco
A' duro ghiaccio di ferità.
   Deh torna Idolo mio,
Se morta è la tua fè, morta son' io.

A' che spargo indarno gridi,
   Voi che foste, ond' io mi moro,
   Del mio Ben, del mio tesoro,
Ciechi Amor, custodi infidi,
   Sparite,
   Suanite,
   Fuggite dà mè;
E voi moli incantate,
   Ch' al fuggitiuo
   Non arrestase il piè,
   Sparite,
   Suanite,
   Fuggite dà mè.

IX. ENTRE'E.

VNe troupe de petits Amours, effrayez
d'vn accident ſi ſurprenant, ſortent en
haſte des ruines du Palais détruit, & retiennent
vne partie des déguiſements qu'ils n'ont pas eu
le temps de deſpoüiller tout à fait. Les vns ont
encore les plumages des oyſeaux; d'autres la
blancheur des ſtatuës, & d'autres vne partie
des habits de Nymphes, qu'ils auoient pris pour
ſeruir la paſſion d'Armide.

Troupes de petits Amours.

Garçons. Le Comte de Gonore, le petit Beaumont,
Le petit Paul, le petit des-Airs, le petit Fauier,
& de Lorge.

Filles. Meſdemoiſelles Chaſteau d'Aſſier, de Montlaur,
de Cambray, de la Vallée, & de Ribera.

Pour les petits Amours.

CE ne ſont pas là nos Tyrans,
Petits, on ne fait que s'en rire,
Mais quand ils ſont deuenus grands
L'on en ſoûpire.

X. ENTRE'E.

DEs Sauuages de la Colchide, surpris de
la beauté d'vne Machine, qu'ils voyent
descendre le long de leur Fleuue, tesmoignent
leur joye par leur danse.

Sauuages. Le Marquis de Saucourt, Monsieur Bontemps,
les Sieurs Manseau, Mercier, du Pron, & Noblet.

Le Marquis de Saucourt. *Sauuage.*

AVX DAMES.

IE sors d'vn climat sauuage
Pour vous rendre témoignage
De mon inclination,
Vne reputation
Solidement soûtenuë
A precedé ma venuë:
Je vien de loin, j'ay fort veu,
Mais, Beaux yeux, je suis pourueu
D'vne force, & d'vn courage
A cheminer dauantage,
Et vous témoignerois s'il en estoit besoin,
Que je suis en effet de tous tant que nous sommes
Veritablement Hommes
L'Homme qui va le plus loin,

XI.

XI. ENTRE'E.

LA beauté que Venus fait venir dans cette
Conque Marine c'est Isiphile qui fut autre-
fois si cherement aymée de Iason, & qui luy
donna tant de preuues de son amitié recipro-
que; mais qui maintenant abandonnée par luy,
s'est resoluë de quitter sa couronne, & sa pa-
trie, pour le venir chercher. Ces Dieux Marins, & ses Nymphes Maritimes qui l'accompagnent, sont autant d'Amours déguisez, qui
pour luy faire trauerser les Mers auec plus d'as-
seurance, ont pris ce déguisement.

Amours déguisez en Dieux Marins, & Nymphes
Maritimes.

MONSIEVR. *Dieu Marin.*
Dieux Marins. Les Marquis de Villeroy, & de Rassan,
Messieurs de la Lanne, & du Pille.
Nymphes Maritimes. Mademoiselle Delbeuf, Madame
de Montespan, Madame de Vibray,
& Mademoiselle de Seuigny.

Pour MONSIEVR, *Dieu Marin.*

DAns l'Empire des flots ma place est tres-
honneste
Plus bas que n'est la Main qui les assujetit.

L

Trop glorieux d'auoir au deſſus de ma Teſte
Le Grand & le Petit.

Que Neptune commande, & daigne m'aſſiſter,
Au delà du Boſphore éclatera ma gloire,
Et l'Othoman verra penſant me reſiſter
Que c'eſt la Mer à boire.

Entre nous autres Dieux côme parmy les hommes
Ce n'eſt pas tout du cœur, & de l'intention,
Pour ſe faire valoir à tout ce que nous ſommes
Il faut l'occaſion.

Qu'elle vienne, & qu'Amour attendant ce moment
Luy qui regit la Terre, & les plaines humides,
Inſpire ſous ma forme vn doux embarquement
A ces Belles timides.

Pour le Marquis de Villeroy, Amour déguiſé
en Dieu Marin.

SI vous le trouueZ bon ſçachons pour qu'elle fin
Vous eſtes tout enſéble Amour & Dieu Marin,
L'vn doit eſtre aſſez froid & l'autre plein de flames,
Et qui vous fait ainſi briller de deux façons?
Eſt-ce pour triompher du cœur de mille Dames?
Eſt-ce pour aualer la Mer & les Poiſſons?

Pour le Marquis de Raſſan, *Amour déguiſé
en Dieu Marin.*

ICy malaiſément l'*Amour ſe peut cacher,
Le moindre de ſes pas en donne connoiſſance,
Quand il eſt Dieu Marin s'il nâge comme il dance
La Terre & la Mer que je penſe
N'ont rien à ſe reprocher.*

Pour Mademoiſelle Delbeuf, *qui repreſente vn
Amour déguiſé en Nymphe Maritime.*

SEroit-ce du coſté de ces Mers inconuës
*D'où les perles nous ſont venuës,
Que nous viendroient ce port, ce teint, ces yeux ſi
doux?
O qu'Amour eſt bien là deſſous!
Mais hélas! ſi par mégarde
Il arriue qu'on regarde
Des cheueux comme les ſiens,
On dira c'eſt l'Amour, & voila ſes liens.*

Pour Madame de Monteſpan, *Amour déguiſé
en Nymphe Maritime.*

POur *vouloir qu'on vous eſtime
Une Nymphe Maritime*

Vous vous y méprenez un peu,
Amour, d'auoir choisi cette charmante blonde,
Il faudroit qu'autour d'elle on ne vit que de l'onde,
Autour d'elle tout est en feu.

Pour Madame de Vibray, *Amour déguisé*
en Nymphe Maritime.

VOus plaisez fort à tout le Monde,
Vos attraits sont charmans & doux,
Et malgré la fraischeur de l'onde
Il fait grand chaud aupres de vous.

Pour Mademoiselle de Seuigny, *Amour déguisé*
en Nymphe Maritime.

VOus trauestir ainsi c'est bien estre ingenu
Amour, c'est comme si pour n'estre pas connu,
Auec vne innocence extresme
Vous vous déguisiez en vous-mesme,
Elle a vos traits, vos feux, & vostre air engageant,
Et de mesme que vous soûrit en égorgeant,
Enfin qui fit l'vne a fait l'autre,
Et jusques à sa Mere elle est comme la vostre.

XII. ENTRE'E.

VEnus, pour faire voir à Mercure la facilité que les Amours ont à se déguiser, mesme quelquefois contre ses propres interests, luy fait paroistre la Ville de Troye toute en feu, & luy montrant des Guerriers qui tiennent vn dard d'vne main, & de l'autre vn flambeau; luy aprend que ces gens qui ont embrasé cette grande Ville ne sont pas des Grecs comme l'on pense, mais des Amours mutinez à la sollicitation de Menelaüs, qui se sont engagez à le remettre en possession d'Elene. Ces faux Grecs combattent vne troupe de Troyens qu'ils obligent à leur ceder.

Combat des Grecs, & des Troyens.

Agamemnon. Le Duc de Guise. *Grecs.* Messieurs d'Heureux, Beauchamp, les Sieurs Chicanneau, de Lorge, de Gan, & Des-Aits le cadet.

Troyens. Monsieur de Souuille, Messieurs Raynal, de la Marre, Paysan, les Sieurs le Chantre, Des-Airs, 3me & du Feu.

M

Pour le Duc de Guife. *Agamemnon.*

Dix ans n'eſtoient pas trop pour le ſiege de
    Troye,
Dans vne paſſion s'ouffreℤ des maux cuiſans,
Et goûteℤ vn moment de veritable jõye,
    Vous eſtes payé pour dix ans.

Pour les Troyens battus.

IL eſt des ennemis fiers & vindicatifs
Qui nous couurẽt de honte en gagnãt la victoire,
Il eſt des ennemis à qui c'eſt noſtre gloire
Que de faire auoüer qu'ils nous tiennent captifs.

Iunon, triomphante, chante vn recit, qui
teſmoigne la douceur qu'elle trouue à ſe vanger du meſpris que Pâris a fait de ſa beauté.

RECIT DE IVNON
Qui haït les Troyens, & qui eſt bien
aiſe de leur ruïne.

Chanté par Mademoiſelle de Cercamanan.

A Qui ſçait bien aymer l'Amour a ſes plaiſirs,
  A qui ſçait bien haïr la Haine a ſes delices,

Celle-cy remplit mes defirs,
Et de l'autre mon cœur ignore les fupplices:
L'vn fans doute a plus d'apas,
L'autre aufi fait moins de peine,
L'on vous rend toûjours voftre haine,
Mais pour voftre Amour, helas!
Toûjours on ne vous le rend pas.

❦❦

Du foin de nous vanger le trouble imperieux
Nous émeut beaucoup moins qu'vne tendreffe ex-
trefme
Et fouuent l'on fe trouue mieux
De haïr ce qu'on hait, que d'aymer ce qu'on ayme.
L'vn fans doute a plus d'apas,
L'autre aufi, &c.

XIII. ENTRE'E.

PEndant qu'ils pourfuiuent leur victoire, quatre Soldats & quatre Goujats, fortis des maifons voifines de la place, fe querellent, fur le partage de leur butin, & forment vn combat ridicule.

Goujats. Monfieur Lully, les Sieurs Payfan,
Balthafar, & Brouard.
Soldats. Les Sieurs Noblet, la Pierre,
S. André, & Des-broffes.

Pour Monsieur de Lully. *Goujat.*

CE Goujat signalé
De quelque talent se pique,
Tout son fait est reglé
Comme vn papier de Musique,
Il faut estre bien critique
Pour n'estre pas satisfait
Du bruit qu'il fait.

XIV. ET DERNIERE ENTREE.

LEs Amours déguisez en Grecs, apres auoir exterminé le reste des Troyens, & pris le Chasteau de Priam, viennent danser la derniere Entrée.

FIN.